KB043831

왔다 갔다 두 개의

시인의일요일시집 **030**

왔다갔다 두 개의

초판 1쇄 펴냄 2024년 7월 22일
초판 2쇄 펴냄 2024년 8월 30일

지 은 이 길상호
펴 낸 이 김경희
펴 낸 곳 시인의일요일

표지·본문디자인 노블애드
경영지원 양정열

출판등록 제2021-000085호
주   소 경기도 용인시 기흥구 연원로42번길 2
전   화 031-890-2004
팩   스 031-890-2005
전자우편 sundaypoet@naver.com
블 로 그 https://blog.naver.com/sundaypoet

ISBN 979-11-92732-21-3(03810)

값 12,000원

왔다 갔다 두 개의

길상호 시집

오래 같이했던
고양이들이 사라졌다.
생활은 그대로다.
변하지 않는 것들이 두렵다.
내가 시가 마음이……
남은 고양이 꽁트가 지켜보고 있다,
나를 시를 마음을.

| 차 례 |

1부 수증기 극장

3부 인형

4부 다 늦은 저녁에

1부

수증기 극장

노래는 저 혼자 두고

툭툭, 어깨를 쳐도 돌아보지 않았더니 삐진 노래가 혼자 자리에서 일어섰다, 쉰 목소리로 불러도 알은체를 하지 않았더니 슬며시 창을 열었다, 별 많은 겨울 너에게서 전화가 왔다, 노래를 끊었다

골목의 주인

보라 제비꽃이 피었습니다 당신은 걷고 봄은 뒤따릅니다 비가 내렸습니다 당신은 그 골목의 주인처럼 앞서서 걷고 먹구름은 뒤따릅니다 먼저 가는 게 골목의 주인입니다 고양이들이 막아섭니다 우리의 영역이라고 하악하악 울부짖습니다 당신은 아무 상관없이 걷습니다 당해 볼 건 다 당해 봤다는 듯이 해진 그림자를 입고 갑니다 노랑 민들레 피었습니다 하얀 목련도 자주 목련도 피었습니다 봄이 와도 골목은 환해질 줄 모릅니다 그가 골목을 질질 끌고 갑니다

재개발

당신과는 맞지 않아
이야기가 기울어졌다

흑에 대해 질문을 하면
백에 대해 대답하는데

우리는 나팔꽃 때문에 겨우 마주 서 있다

사랑은 낡았고
꽃도 낡았고

세상 돌아가는 일이 녹슨 것뿐인데

숟가락과 젓가락은 이별을 했다
바늘과 실은 작별을 했다

액자를 버리고
그림이 너덜해졌다

우리에게도 새로운 관계가 필요했다

새가 날아가다
날개를 꺾는다

봄비를 데리고 잠을 잤는데

베어 묶어 둔 빗줄기가
뒷마당에 다발로 쌓여 있었다

금낭화는
네 개의 유골단지를 쪼르르 들고
꽃가지가 휘었다

뒷산에서 잠시 내려온
아버지와 큰형과 둘째형과 똥개 메리는
대화를 나눌 입이 없고

서로를 무심히 통과하면서
물웅덩이마다 둥근 발자국을 그려 놓았다

헛기침에도
꽃이 떨어져 깨질까 봐,
그들의 빈 눈과 마주칠까 봐,

나는 먹구름과 함께 발뒤꿈치를 들고
그 집을 나왔다

봄비를 데리고 잠을 잤는데
봄이 벌써 반 이상 떨어지고 없었다

방파제

여러 감정이 몰려왔다
비구름을 바닥에 엎지르고 말았다

날개 있는 것들은 날지 않았다
대신 해안선이 비행을 시작했다

파도로 바위 깨기

아침은 쿨쿨 잠에 빠져 일어나지 않았다
너는 찢어진 바다를 꿰매고 앉아 있었다

찌그러진 바다만 출렁거렸다
모래로 만들어진 사람이 사라졌다

해당화만 남아
해원굿을 하며 돌아다녔다

여기는 해안이라 떠밀려 온 언어가 많았다

모두 축축한 혀를 빼물고 있었다

안간힘으로 막아 보지만
당신의 발자국은 어쩔 수 없었다

오고 또 오는 파도는
어쩔 도리가 없었다

수증기 극장에 앉아

잠시만 머물다 가겠습니다

거울 사이에서 빚어 온 비극들이 또르륵
중력을 잃고 흘러내릴 때,

얼굴을 연기하던 배우와
이름을 연출하던 감독의
계약은 끝이 납니다

조용히 끓는 봄
뭉게뭉게 피어나 사라지는 구름

당신이 믿는 세계는
바닥 터진 물방울

머지않아 기도는 쓸모없는 얼룩으로 남을 겁니다

출렁이는 발성법을 오래 배워 왔지만

뿌옇게 번지다 멎는 호흡도 익혀 왔지만

주어지는 배역은 늘 말 없는 사람

한눈을 파는 사이
물방울 주머니에 넣어 매달아 둔 목숨을

누군가 따뜻한 손바닥으로 닦아 냅니다

당신의 마지막이 궁금하지만
더는 기다릴 수 없습니다

이번 봄에는 유독
모르는 이름의 부고 문자가 많습니다

쌍둥이

아픔과 슬픔처럼 닮아서
구별하지 못하는 사람이 많았다

상현달과 하현달은 어둠의 방향이 다른데도

엄마는 매번 똑같은 옷을 두 벌 샀다

그럴 바에야 그림자를 입고 다닐 거예요,
그때부터 우린 서로 달라지는 게 목표가 되었다

동생이 폭식을 즐기면
나는 거식이 즐거웠다

동생이 심장에 불을 가져다 놓으면
나는 배꼽에 얼음을 채워 놓았다

참다못한 엄마는 우리를 사진관에 데려가
하나의 액자 속에 나란히 앉혀 사진을 찍었다

플래시가 터지고 빛이 둘을 묶어 놓는 동안
나는 몰래 한쪽 눈을 감았다

너는 도대체가 말을 듣지 않는구나,
엄마가 나의 감은 눈을 칼로 긁어낼 때

불구의 형제가 하나 더 태어났다

옥천 버스

안남은 허기와 함께 들른 면 소재지
손두부만 떠올려도 따뜻했는데
식당은 정기휴일 팻말을 걸고 있었네
몽글몽글 엉긴 시간 속을 뛰어다니는 건
어린 고양이들뿐, 뒤따라가면
꽃잎의 쪽방을 닫고 숨어 버리는 통에
술래잡기도 금방 끝이 나고 말았네
식당 앞에는 아무도 없는 공판장
공판장 옆에는 임대를 기다리는 우체국
우체국 옆 이발소 회전간판만 느리게 돌아가는데
백발의 이발사 가위질을 하는 동안
남은 햇빛이 조금 더 짧아졌네
언젠가 이곳에 빵집 하나 차려
담백하게 부푼 시간을 진열해 놓고
하염없이 손님을 기다려도 좋겠다는 생각,
기다리며 세상을 잊어도 좋겠다는 생각,
언제 자리를 잡은 것인지
분홍 스웨터의 할머니가 의자에 앉아

아껴 가며 조금 남은 볕을 쬐네
흙먼지를 끌고 온 버스는
서지도 않고 정류장을 지나가네

널어 둔 사람

　안개 속을 얼마나 쏘다녔는지 너무 축축해 할 수 없었어요, 오늘은 배송을 못 할 것 같아요, 다 마르려면 겨울은 혼자 버티셔야 해요, 그 사람을 한 페이지 시로 만들 수 없을까요, 그러면 잘 마를 텐데, 접기도 편할 텐데, 당신은 시인이니까 거짓말을 잘 하잖아요, 받으면 햇빛에 한번 더 널어 쓰세요, 좀처럼 속까지 마르지를 않아요, 자작나무 편지도 취급하기 시작해서 바빠요, 얼마나 무거운지 허리가 휠 것 같아요, 장작을 옮기는 아이처럼 콧물도 나고요, 우편편집국들은 다 문을 닫았어요, 마지막 눈동자에서 진물이 흐르네요, 글쎄 오늘은 배송 지연이라니까요

혈당검사수첩

피 한 방울로 다 알 수 있어요

당신의 피는 점괘를 보여 줘요

여름휴가

한적한 곳을 찾아
연잎이 마련해 준 물방울 방에 묵었어요

마음 가는 대로 마음을 굴리다가
쌓여 있는 물결을 뒤적이기도 했어요

매번 바람에 흩어지는 이야기
줄거리가 이어지지 않을 땐 밖으로 나와
푸른 잎 테두리를 느긋이 걸었어요

잎맥을 세다 보면 연잎 한 장도 너무 넓어서
건너편 잎까지 둘러보진 못했어요

연꽃이 하나둘 문을 닫는 저녁에는
깨진 빗방울 모아 탑을 쌓고
별이 된 고양이 산문이를 떠올렸어요

가만히 눈을 감고 있으면

슬픔도 향기롭게 우러나는 방

물방울이 다 마를 때까지
올해의 여름휴가는 참 투명했어요

온기

주인은
햇빛을 짜고 있었다

따뜻한 음악을 부어 놓고
방이 데워지기를 기다렸다

아침이
영하의 문 사이를 오갈 때
문종이 울렸다

그림 속 남자는
바빠 보였다

빨간 마삭 이파리가
탁상으로 가만히 몸을 눕혔다

별을 몇 페이지 넘기자
전화가 울렸다

커피 가득한
컵을 쥐고서야
음지까지 온도가 올랐다

아이! 추워

수증기가 계단을 오르면서
화분은 헛꽃을 피워 내고

날이 맑았다

낙찰

천막에 숨어 있던 약사여래불이 등장했네요, 어디가 안 좋으신 듯 눈을 질끈, 이마 도금이 벗겨져 있네요, 저 꼴로 누구 병을 다스릴까, 앞자리 사모님은 혀를 차고, 그래도 왼손에 약물 단지를 쥔 채 불상은 미소를 잃지 않네요, 판은 돌아가고 또 돌아가고, 모셔 갈 분 안 계시나요? 삼만 나오고 사만, 사만

물레에서 태어난 도자기들이나 그래도 돌아 본 전력이 있는 맷돌은 괜찮아 보이는데요, 그림도 글씨도 형상도 모두 어지럽기만 한데요, 하긴 부처님도 수많은 윤회를 돌아 여기 와 계실 테니 걱정할 필요 없겠지요, 보증서는 따로 없으니 본인의 안목을 믿어야 한대요, 경매사의 주문이 빨라지고 돌림판의 원심력이 강해지고 매장에 앉은 사람들 눈동자도 빙빙, 여래불 옷자락도 펄럭이는데

얼떨결에 낙찰받은 오늘도 결국 이렇게 끝나 갑니다, 손해도 이득도 모르는 거니까, 그냥 이 순간을 즐기라 하네요

로션과 스킨

여름과 겨울이 섞여 장마 눈이 내리면 좋겠어요, 한쪽에선 싹이 돋는데 또 한쪽에선 낙엽이 지고, 신기한 일 아닌가요? 무조건 함께 있는 걸로 주세요, 돈은 여기 준비를 해 놨으니까요, 그러지 말고 이거 쓰세요, 로션과 스킨이 따로 있어서 그날 상태에 따라 골라 쓸 수 있어요, 결혼식에 갈 땐 로션을 장례식엔 스킨을 조금 발라 주세요, 죽은 사람과 산 사람이 함께 행진하는 날엔요? 그런 날을 좀체 없다니까요, 아, 저에겐 그런 날뿐인 걸요

흔한 일

눈이 온다 했는데
비가 내렸다

영역을 두고 으르렁대는 구름

조금 더 가면 정상이라 했는데
옥상은 점점 자랐다

당신은 온다 해 놓고
식은 일기를 대신 보냈다

부엌은 칼이 있는 곳
식탁이 네 발로 서성이는 곳

짱구의 엉덩이춤을 보다가
동동이의 평범한 하루를 시청하다가

계단을 올랐다

그 노래의 계이름을 익혔다

도돌이표를 만나 포기하기로 했다

비가 오니까 해는 자리를 비켰다
배롱나무 등이 젖었다

깔, 깔, 깔 참새들은 날개를 펴서
다른 데로 갔다

뺨을 돌려 너의 손을 찾았다

모처럼의 통화는

　거울을 보면 그 얼굴이 그대로 있어요, 할 수 없이 먹어 치워요, 혈당을 조절해야 한다는데, 과식하면 안 되는데, 감염된 심장으로 통화를 해요, 당신은 없는 사람이래요, 식은 밥처럼 조용히 살고 있어요, 입에서 김이 날 일도 없고 발버둥도 사그라졌죠, 구름이 천장을 뛰어가네요, 까만 눈을 갖고 있겠죠? 달이 헉헉 숨차고, 마우스는 바퀴를 굴리고, 컴퓨터가 한 장 한 장 백지를 넘기는 밤이에요, 당신 이름과 전화번호를 적어 뒀어요, 삭은 밤이 고무줄처럼 끊어지기도 해요, 술은 아직 마시고 있지 않아요, 미안해요, 어두운 이야기만 해서

아침부터

　굴착기가 왔다, 연말이니 당연하다, 위층은 이제야 조용
해졌다, 어제 집 앞까지 따라왔던 그림자는 아직 있을까, 굴
착기는 유리를 뚫더니 침대에 누운 딱딱한 잠까지 깨고 들
어왔다, 냉장고에는 피 빠진 소주의 시체들만 가득했다, 모
두 뒤집어엎어야 해, 공사는 계속되었다, 진찰실에 앉아서
다, 다, 다, 다, 다, 긴 설명을 들어야 하는 일, 술을 끊었는데
사람도 끊을 수 있겠죠? 긴한 질문에는 조용한 시간, 이번
공사는 공지한 바대로 진행됩니다, 그때까지 참으세요, 새
벽을 함부로 쓴 범인이 당신이었군요, 굴착기는 다시 공사
를 한다

천 일 뒤에 다시 올게요

천일장 105호는 누구나 들여다보는 방, 옷 벗은 빗줄기가 몰래 들어와 눕기도 하는 방, 그런 날이면 비를 끌어안고 물방울 같은 아이들을 만들다 쓰러지는 방, 창턱에 뛰어오른 고양이는 울음만 뉘어 놓은 채 떠나고, 울음이라도 편히 쉬다 가라고 이불을 깔아 주면 허기가 또 두려워지는 방, 탁자 위에 꽂아 둔 생강나무 꽃의 중얼거림이 노랗게 번지는 방, 이국의 언어가 뒤섞여 출렁이다 묵음으로 가라앉으면 노동의 신음이 한 소리로 살아나는 방, 갈라진 발뒤꿈치로 이승까지 건너온 사내는 어디로 다시 떠나야 할까, 생각하다가 생각하다가 젖은 벽과 함께 우는 방, 사내 곁에 잠시 앉아 있던 바람이 천 일 뒤에 다시 올게요, 지키지도 못할 약속을 하는 방, 그렇게 또 불구의 봄이 태어나는 방, 문을 열고 나오면 누구나 타인이 되고 마는 방

2부 | 꽃도둑

양말

건조대에는 양말이 걸려 있다, 비가 오는데 걷어 가지 않는다, 갈라진 뒤꿈치를 보고부터 양말을 사야겠다고 생각했다, 의미도 없고 선물하기 좋았다, 양처럼 온순했다, 말처럼 능동적이었다, 건조대는 언제부터 저기 놓여 있었을까, 녹이 슬었다, 양말은 왜 빨아 놨을까, 사람은 어디 갔을까, 생각하지 말아야 하는데, 모든 행성이 돈다고 핑계를 대 본다, 행성들은 어떤 건조대에서 말라 갈까, 둥근 건조대를 떠올리다가 고개를 가로젓는다, 양말도 밤과 낮이 있어서, 양말의 밤을 신으면 어두운 사람을 만나야 할 것 같다, 건조대에는 양말이 걸려 있다, 양과 말이 오래매달리기를 하다 축 늘어져 버렸다

자살

드디어
인간 세상에서
탈퇴합니다

진흙이 입을 벌릴 때

겨울잠이 풀리고
강변의 진흙은 아가리를 벌린다

물안개가 만든 꿈속을 오래 어슬렁거리느라
진흙은 배가 고프다

진흙의 아가리에 침이 고이고

검고 부드러운 입술엔
어떤 밤이 뜯어 먹다 남긴 고라니의 앞다리 두 개가 물려
있다

두툼한 뒷다리 두 개는 더 먼 곳까지 가서야
피의 걸음을 놓았다

진흙은 이빨 없이도
천천히, 아주 천천히 음미하면서
목마르게 끝난 짐승의 죽음을 소화시킨다

털과 가죽과 뼈와 발굽
고라니를 물가로 이끌던 아픈 육체

진흙의 아가리 속으로
두려웠던 시간이
긴 발자국 유서와 함께 서서히 사라진다

그만해도 돼

어려운 공식은 내려놔도 돼
뭐라 하지 않을게
빨간 빗금도 치지 않을게
회초리는 모두 불쏘시개로 쓸게
그러니 우리는 그만
제 얼굴을 찾는 게 좋겠어
더는 사랑하라고 강요하지 않을게
약속은 다 과거에 버리고
다시 여기서 기약하면 돼
다 기점이 있고 종점이 있고
그렇게 지키려고 힘쓰지 않아도 돼
비가 그치면
우산을 이제 접어도 돼
그걸 따라 했다간
휴지조각으로 버려지고 말 거야
이제 그만해도 돼
그림자는 제 길로 보내 버리고
꽃과는 의절을 하고
우리 여기저기 서 있으면 돼

이거 좋은 거예요

삼촌 비누 쓰시죠? 여기 두고 갈게요, 깨끗이 씻어 내고 거품은 묻지 마세요, 두 개 드릴 테니까 하나는 유리 뒤 서랍에 두고 쓰세요, 안과에 다시 한번 가 보시고, 더러운 그늘에 감염될 수 있으니 그 집엔 가지 말고요, 비누는 좋은 거니까 아끼지 마세요, 밤이 닳았다고 조마조마 마음 졸이지 말아요, 원래 그런 거예요, 대야에 비친 자신을 사랑하세요, 다른 얼굴이 보여도 그냥 주워 사용하세요, 미끄러운 날은 금방 지나갈 거예요, 하수도는 잘 빠지죠? 불을 끄고 냉장고를 끄고 중요한 건 고양이를 끄는 거예요, 거품은 쉽게 꺼지지 않을 거예요, 꽃으로 만들어 이건 향기도 좋아요, 뽀송뽀송 다시 살 수 있어요, 추우니까 어서 들어가세요

쓸고 쓸어도

　항상 바람은 쓰레기를 물고 우리 집에 와 대문을 흔든다, 이끼는 잘도 자란다, 검버섯을 달고 집은 낡아 간다, 어머니와 아버지가 이 집에서 늙었다, 나도 이 집에서 먼지와 함께 주저앉았다, 주목은 하루도 빠지지 않고 마른 손가락을 놓친다, 빨간 입술도 없이 매일이 침묵이다, 거미줄은 아직 날아가지 않았다, 뒤뚱뒤뚱 혼자 걸어 다니는 낮달의 뒷모습을 본 적 있다, 그림자를 길게 늘이고 하필 마당을 관통했다, 고양이는 새끼를 물고 가다 꼭 우리 집에 떨어뜨렸다, 아침이 더럽게 오고 꾀죄죄한 저녁이 말을 걸었다, 이 집 쓰레기는 내놔도 수거하지 않았다, 빗자루만 웃고 있었다, 이 빠진 입을 헤벌리고 있었다

무표정

싸리비를 묶었습니다, 뒷마당 흙바닥에 앉아 나무가 되고 흙이 되었습니다, 겨우 잎을 내놓은 봉숭아가 지켜보고 있었습니다, 눈만 있는 송아지가 멍하니 바라보았습니다, 그림을 잘 그리던 너는 이 장면을 도화지에 옮겼습니다, 연기인지 흙먼지인지 살짝 일었습니다, 사라지는 건 어려운 일이 아닙니다, 검은 지우개로 이 풍경이 모두 지워졌습니다, 눈동자가 남아 있었지만 거기 구멍이 뚫렸습니다, 그러면서 모두 해결됐습니다, 들어가는 사람은 많은데 나오는 사람이 하나도 없습니다, 싸리꽃만 몇 개 떨어져 있었습니다, 꽃을 주워 정한수에 띄웠습니다, 물이 파동을 만들고 바람은 불지 않았습니다, 너는 이따금 이곳에 옵니다

노간주

크리스마스에 만나요
서로에게 눈송이 같은 새벽송을 내려 줘요

저 나무가 괜찮을 것 같은데!
북쪽 등이 비어서 좀 그렇지 않아?

나무를 찾아
온 산을 뛰어다니면서도
용케 올무에 걸리지 않았죠

겨울에
푸른 나무를 찾는 건
아이들 아니었으면
불가능한 일

그래서 집집마다
아이는 모두 산으로 내보내고
대문을 닫았죠

거기
푸른 손을 모으고
그 나무가 서 있었어요
그런데 좀 앙상했어요

하긴 옆에 공동묘지가 있으니까요

나무를 베면
웃음이
간지러 간지러 그만해 그만해

아이들은 나무를 들고
교회로 갔죠
뾰족한 이빨을 가진 잎들 보지 못했어요

하나님 앞에 기도하면서
어른들은 등이 비어 갔죠

우리는 성탄가를 열심히 불렀죠

맨 꼭대기만 쳐다보고 있는데
저녁이 되자
크고 밝은 별이 달렸어요

박수를 치는 둥근 무리 가운데
눈이 내렸어요

이제 새벽송을 돌 수 있게 됐죠

투명 물고기와 양초

누군가 놓고 간 양초만 까만 입술을 다시고 있네, 투명 물고기가 다가와 발가락에 입을 맞추네, 슬퍼서 조금 울었던 것 같은데, 울음이 날갯짓을 하다 이 벽 저 벽 부딪쳐 떨어진 것 같은데, 소리가 없네, 투명한 물고기는 사라지고 양초 앞에서 누가 중얼거리네, 중얼만 남아 동굴에 사네

햇빛이 보약이지요, 하얀 가운을 입은 신이 말을 걸었습니다, 응답은 너무 환했습니다, 진료실을 열고 나가면 바로 밖이라 했습니다

비늘도 없고 아가미도 없는 그 물고기는 오직 투명으로 견디는데, 눈도 지우고 지느러미도 떼어 내고, 가끔 어둠에 물방울 떨어지는 소리, 물고기는 동굴이 주는 침묵을 받아먹고 산다 하는데, 그 사람의 기도를 들었을까, 좌우를 합쳐 온몸으로 합장한 물고기, 그 기도도 투명했을까

이제 거기서 나오셔야 합니다, 당신은 투명을 이어 줄 가시가 없어 곧 흩어지고 맙니다, 여기 약 받아 가시고요, 특별히 비린 맛으로 준비했습니다

너의 어눌

전화를 했는데 너의 목소리가 아니다

너를 봐야 하는데 보이지 않는다

멀리 한 사람이 다른 나라의 말을 한다

고양이어인가 들어 봐도
정체를 알 수 없다

추우면 더 어눌해지는 목소리
너는 어느 나라에서 왔을까

꽃이라고 했는데 시들었다고 답한다

별이라고 했더니 깨졌다고 답한다

옛날 번호로 다시 건다

너는 전화를 받지 않는다

지금 거신 전화는 고객의 사정에 의해
당분간 착신이 정지되어 있습니다

수화기를 내려놓는다

수평기

수평선이 기울어졌다
아버지는 물방울처럼 누워 계시고
바다는 늘 중심이 맞지 않았다

무거운 노래만이 그 방에 가득 찼다
벽 이마를 짚으며 중얼거렸다

액자 속의 사진이 삐딱,
바로 세우려 하면 할수록 더 옆으로 누웠다

한파에 몰린 아침이 도망쳐 왔다
숨을 헐떡이는 소리 마당을 채웠다

수평기는 돌아오지 않는다
공기 방울이 찬 건 아닌지
자주 머리가 아팠다

눈을 이고서

담장이 한쪽으로 넘어지기 시작했다
골똘히 강구책을 생각했지만
아무 생각도 나지 않았다

나비 숲

학교를 마치고 나면 아이는
나비채를 들고 숲으로 간다네

축축한 이파리 너울너울 뛰어넘다가
어제는 없던 무늬가 발등에 피어났다네

노랑나비는 모자로 쓰고
파랑나비는 가방으로 메고
초록나비는 티셔츠로 입고

반티무릉*, 슬픔을 없애 주는 곳
색색의 날개가 상처를 덮어 주는 곳

신은 썩은 나무둥치에 앉아
종일 나비를 그려 대느라 팔목이 아프고

그늘과 햇빛의 양 날개를 편 채
조금씩 저녁 쪽으로 이동하는 숲

아이는 이곳에서 잠시
등에 꽂힌 핀을 빼낼 수 있다네

* 인도네시아어로 '슬픔을 없애는 곳'이라는 뜻. 나비 박물관으로 널리
알려짐

꽃도둑

    야산에서 싸리 한 줄기 꺾어 왔습니다 그 보랏빛이 너무 탐났습니다 발길이 저절로 기슭으로 향하더군요 사람들 눈을 피해 가지를 잡아당기자 꽃은 비명을 질렀습니다 가슴이 뜨끔하긴 했지만 바로 무감정이 되더군요 길은 휘어지고 사람은 없고 꽃이 하필 거기 피어 있을 게 뭡니까 하필 그 흐린 오후를 물들일 게 뭡니까 비가 잠깐 내렸는데요 젖은 잎은 더 짙어져서 손짓을 했습니다 당신도 아마 참지 못했을 겁니다 오후의 꽃도둑은 흐린 날의 도둑은 그냥 내버려두세요

저 집은 불을 켜고 저 집은 불을 껐다

　둘의 차이를 모르겠다, 한쪽은 따뜻하고 또 한쪽은 차가
운 거, 한쪽엔 사람이 또 한쪽엔 귀신이 기거하는 거, 어이
가 없다, 사람이 죽으면 귀신이 되는데, 신자와 하나님의 차
이를 모르겠다, 하나는 땅에 있고 또 하나는 하늘에 있는
거, 기도가 이 둘을 이어 준다고 하는데 솔직히 모르겠다,
한번도 이루어진 적 없는 소망, 기도는 차 안에서 흔들흔들,
하나님과 신자는 흔들흔들, 모두가 눈치를 보고 있는데, 환
하고 어두운 집이 있다, 환하고 어두운 사람이 있다, 등을
맞대고 한 침대에 누운 부부가 있다, 별거 중인 두 집이 나
란히 있다, 이쪽은 웃고 저쪽은 운다

고양이 구름

책을 펼쳐 놓고 눈이 가지 않는다

등에 줄무늬가 또렷했던 구름
맥없이 풀려 사라지고

저녁 햇볕이 소리 없이 들어와
동그랗게 자리를 잡고 앉는다

책장 넘기는 소리에
끔뻑끔뻑 졸다가
손등에 머리를 내려놓곤 하던 고양이

우리 착한 산문이는 어디 갔을까

심박측정기가 멈춘 그날처럼
이제 책은 여백만 이어 놓는다

3부 │ 인형

검은 가방

아버지 가방에 들어가시고
벌어지지 않게
잔디는
지퍼를 딛는다

호수에 앉아

출렁이는 잡음, 사람 같기도 하고 아닌 것 같기도 하고, 입술이 여러 겹으로 밀려오네요, 안테나를 뽑아도 소용없네요, 검은 목소리가 고목을 닮아 썩어 가는데, 조금 있으면 침묵만 이어질 것 같은데, 쉽지 않네요 통화는, 그 사람은 늘 부재중이고, 흙을 뿌리면 가라앉기만 할 뿐 떠오르지 않네요, 물고기만 잠시 수면에 닿았다 가고 물살은 벌어졌다가 아물고, 호수의 흉터를 골라 물수제비를 띄워 보지만, 시간은 저녁에 닿아 오지 않네요, 호수에 어둠이 섞이기 시작하면, 이제 소용없네요, 앉아 있던 사람 끝내 전화기를 닫네요

그 집 지하에는

거 누구셔?
귀신이 대답을 한다
얼음 벽돌을 쌓아 올린 집
지하에는
기는 할머니가 있다
1층에는 공허가 살고
2층에는 커튼이 펄럭이고
옥탑에는
가난한 시인이 가끔 들르고
지하에는
알아서 하셔
무릎도 없는 귀신이
장롱에 기대 있다
열쇠는 던지셔
여드름은 여름에 적당하고
눈 오는 계절엔
고드름이 천지인 집
한파보다 늙은

할머니가 있다
지하에는
곧 깨질 얼음 동상이
웅크려 있다

살풀이

상처가 아물기 전에
살 속에 포위된 고양이를 구해야 합니다
살 속에 쌓아 둔 책들을 꺼내 와야 합니다
살 속에서 앓고 있는 어머니를 퇴원시켜야 합니다
살 속을 떠도는 귀신들이
더는 육체에 대한 미련을 끊을 수 있도록
천도재를 준비해야 합니다
살이 차오르고 열쇠 구멍이 막혀 버리면
고양이와 책과 어머니와 귀신이 하나로 엉겨 붙어
비린내를 풍기며 곪아 갈 겁니다
다행히 상처가 덧나 한번 더 시간이 유예됐으니
이 기회를 놓치면 안 됩니다
살 속에 갇힌 봄의 설레는 아우성으로
한껏 열이 오른 밤입니다

장마

비도 내리는데
멀리서 오는 사람

비를 안고서
뛰어오는 사람

비가 되어서
어둡게 오는 사람

그 사람을
마중 나가면

우르르쾅, 여름이
떨어졌다

누나는 나무

참나무가 이파리를 다 떨어뜨렸다
머리 없는 누나를 닮았다

사람들은 도토리를 주워 가고

조카가 결혼을 했다
아기 태어나겠지

하나가 지워지면 또 하나가 생겼다

민머리를 한 구름이
검은 가발을 썼다
그리고 비 내렸다

우산이 펼쳐지지 않았다

녹슨 아기
응애— 울 때마다

부스러기가 떨어졌다

참나무는 누나처럼 서 있고

벙거지를 써서
못 알아볼 뻔했다

2024년 1월 1일

    새해에는 더 건강하고 행복하세요, 어둡게 시작해서 좋아요, 돌을 골랐어요, 자꾸 몸을 일으키는 페이지를 눌러두려고 새해 첫날부터 안개를 뒤졌어요, 강은 주머니를 너무 많이 준비해 어디 돌이 들어 있는지 알 수가 없어요, 한 무리가 데크로 산책을 하고 마지막 사람은 하얀 비닐봉지를 들었어요, 아침부터 바위손을 딸 거래요, 손을 잃어버린 바위들이, 불구가 된 바위들이 머리를 쳐요, 새해에는 가발을 쓰지 말아요, 가려운 강은 머리를 긁고 그때마다 안개가 자라요, 길게 자라요, 능선이 사라진 만큼, 나무가 지워진 만큼, 당신 얼굴도 투명해졌네요, 새해에는 부디 행복하세요,

이도 저도 아닌 것들

여자도 아니고 남자도 아닌 사람이 걸어갑니다, 꽃도 아니고 동물도 아닌 발자국이 있고요, 눈도 아니고 비도 아닌 크리스마스가 왔습니다, 주교도 아니고 신도도 아닌 안개가 손들을 모으고 누워 있습니다, 밤인 것 같다가도 낮이 되고요, 밤잠을 자야 하는지 낮잠을 자야 하는지 시계는 침을 뱉습니다, 병원에 가서 놀아야 하는지 놀이터에서 앓아야 하는지, 테이프로 붙여 둔 건 과거인지 미래인지 현재인지, 전화를 받아야 하는지 끊어야 하는지, 우는지 웃는지 당신은 멀리 있습니다, 우리라는 말이 있어서 참 다행입니다

노래는 흐르고

노래를 틀어 놨어요
아침에 어울리는 우울한 음색

안전 문자는 폭설이라고
아침부터 경고를 해요

노래가 쏟아지고
대책도 없이 맞고 있어요

피해도 귓전을 덮는데 어쩌겠어요
귀마개도 없고
노래는 내리면서 녹아요

카이츠*를 선택한 건
너무 당연한 과정이었어요

이럴 때 커피가 빠지면 곤란하죠
소주면 더 좋겠지만

병원에서 술은 금지했어요

노래는 자꾸 흐르고
고양이들은 춥다고 울고

상관하지 말기로 해요
끼어들어야 나만 손해인 걸요
노래를, 눈을, 고양이를 걷어차세요

눈은 당분간 더 올 거래요

* 'The Paper Kites', 밴드 이름

새똥

시간이 고여 흐르지 않는 오후였다

유리창에 굳어 있는 새똥을 닦아 내다가
이미 죽은 새 우는 소리를 들었다

새는 공기주머니를 뒤적여
쓸쓸하고 씁쓸한 울음만 꺼내 놓았다

골목 가장자리 씀바귀가 꽃잎을 닫고
씨앗 만드는 일을 서둘렀다

고여 있던 시간이 조금씩 증발하고

이름 대신 날개를 단 사람이 창가에 다가와
입김을 불어 대는 것인지
유리가 뿌예졌다가 다시 투명해졌다

똥을 닦아 낸 휴지는

죽은 새처럼 나의 손바닥에 놓여 있었다

날개를 갖고 싶다는,
위험한 생각이 잠시 떠돌다 갔다

꽃샘이 심하다

날씨가 좋아 기도가 다 이뤄지는 환상을 품었다, 눈이 녹기에 내 갈비뼈 사이 당신도 녹을 줄 알았다, 다독이던 눈사람이 다하면 장갑과 목도리 숯을 주워 당신을 다시 화장하고 싶었디, 따뜻한 고양이를 데려다 당신께 소개하고 싶었다, 먼저 간 산문이는 당신의 어깨에서 뛰어놀 줄 알았다, 하얀 게 날리기에 어디서 꽃 한 무더기 떨어지는 줄 알았다, 당신은 바빠 봄에 참석할 수 없다고 꿈을 꾸었다

그만,

 이번 생도 팔아먹기 글렀어요, 차들은 눈 위에 발자국을 남기며 터벅터벅 걷고, 나무들은 어깨를 털며 바삐 가고 있어요, 붕어빵 장사는 눈을 뭉쳐 물고기를 만들고, 물고기의 눈물이 눈을 녹여요, 당신을 위해 샀는데 당신 가게는 닫혀 있어요

냉담

달이 얼어붙어 금이 간 뒤로
어떤 연락도 닿지 않았습니다

한 방울 한 방울 깊어지는 웅덩이

볼륨을 줄여 밤새
쓸쓸한 음악을 틀어 놓았습니다

귀신과 키스를 나누고 나서
하루 정도 더 버틸 용기를 얻었습니다

창문도 커튼도 모두 입을 닫은
이 방의 고요를 사랑합니다

멀리멀리 퍼져 가는 웅덩이

기습 한파가 닥칠 예정이니
수도꼭지를 조금 열어 놓으랍니다

혀 위에 굴리던 딱딱한 노래는
다 녹아 사라지기 직전입니다

똑똑똑 또독, 끝도 없이 이어지는 노크

더 차가운 바람이 불어올까
문을 열 수 없습니다

한두 송이 오는 눈은

어제는
날개 찢어진 나비를 치우고
싸늘한 아기 고양이를
두 마리나 보내고

눈이 내리고
날이 차갑다

그의 기일에 맞춰서
한두 송이 내린다
저마다 비탈을 가졌다

택배를 받았지만
네가 보낸 눈빛은 받지 않았다

가방엔 책이 쌓여
내려놓기로 한다

내일은
병원에 가야 하고
입술을 이야기하는
친구를 만나야 한다

눈이 내리고
그걸 받으려다가
차마
손을 거둔다

4부

다 늦은 저녁에

페인트

진실은 가려져야 합니다

여러 갈래로 금을 내기 쉬우니까요

금방 더러워지고
누추를 드러내기도 하니까요

열심히 페인트칠을 합시다

굳은살이 짧은 생명선을 다 덮을 때까지

당분간 악수는 거절합니다

나에게 앉을
기댈 생각도 하지 마세요

박하사탕*

　연주에는 역이 없다, 악보에는 도돌이표뿐, 선배들의 말이 엎질러지고, 쓴 기찻길이 남았다, 그걸 연주하는 사람이 재개발구역처럼 앉아 있다, 탈선한 기차를 일으키려다 긴 밤 다 지나가는지도 모르고, 불면증이 깊어지면 중간중간 침목이 놓였다, 덜커덩, 침묵을 건너 덜커덩, 당신은 잘못된 코드를 짚고 웃었다, 음악을 대신하는 웃음의 리듬은 휘어서, 칸의 간격 조정이 필요했다, 불을 켠 당신의 노래가 달려간다, 꼬리도 없이 긴 터널을 통과한다, 나 다시 돌아갈래**, 관객은 아무도 없다

---

* 영화 제목
** 영화 〈박하사탕〉의 대사

나이 한 살 먹더니

녹이 슬었어
연기가 올라가다 부스스, 떨어지기도 했어

문득 송대관의 이름표가 떠올라 리듬을 타다가
사박자는 다 똑같다는 생각이 들었어

페인트가 벗겨진 벽은 맨얼굴
창피해 고개를 돌려 버렸어

사내의 목에는 목걸이가 저주야
한 알 한 알 그대의 한숨이 깨어나지

구름이 오줌보를 누르며 지나가고 있어
뛰다가 걷다가 헐거운 문을 여는데, 화장실이 아니야

참을 수 없는 게 너무나 많은 이곳
오래되면 누추해지는데 시간이 붙잡고 있어

질기기만 하고 맛은 하나도 없어
고양이가 더 길게 울었어

몇 번 피 맛을 본 골목이 좁아지고
나무는 손톱을 자꾸만 뜯어

사람들이 한 손에 커피를 든 채 돌아다니고 있어
다른 손은 모두 주머니에 담았어

커튼과 창문은 처음 만나는 사이
어색한 저녁이 주문을 받고

이거라도 먼저 들라고 서쪽에 개밥이 떴어

가족 모임

경치 좋은 강가에 펜션을 구해 놨어요
거기서 새해 첫 안개를 맞기로 해요

비가 좀 오면 어때요
우리는 이미 축축한 걸요

황토로 지은 건물이 있고요
거기서 데크길이 다 내려다보여요

미리 가서 산책을 해도 좋고요
너울너울 강과 어울려 춤을 추어도 돼요

별도의 회비는 없으니 그냥 오세요
방은 충분히 넓으니 함께 와도 되고요

수건은 늘 넉넉하고요
약은 구석에 상비되어 있어요

계단이 없는 곳으로 예약했어요
등불도 없는 곳으로 예약했어요

반대편에도 거울이 있는 그런 곳을 찾아봤지만
대신 강이 있잖아요

죽은 아버지도 형들도
모두 온다고 연락했어요

선금이라고 해서 이미 계산은 끝냈으니
모두 오셔야 해요

바람이 많이 불어요

널어 둔 걸레는 영혼까지 빠져나가 깨끗하고요, 아침 먹고 피 점심 먹고 피 저녁 먹고 피 일상은 바뀜 없고요, 달력을 한 장 뜯으면 달라질까요? 기다렸다는 듯이 구상나무는 주머니 속 낙엽을 비워요, 꽃은 잘 마르고 있고요, 고양이는 이제 눈에 고름이 나오기 시작했어요, 연장을 덮어 둔 앞집 비닐이 날려요, 벽이 뭐라뭐라 소곤대는데 바닥이 더 시끄러워 들리지 않아요, 음식마다 싱거워 몰래 소금을 쳐요, 근황은 뒤집어지기 쉬운 재질로 만들어져 있어요, 교회 종이 아무 때나 울려요, 사람들은 아무 곳에나 고개를 숙여요, 뭐라고요, 바람이 전화선을 끊어 놓고 갔어요

홀리는 새벽

일어나는 게 아니었다 거기 빠져들 줄 몰랐다 낮게 걸어 가는 고양이도 있었는데 그렇게 되었다 달의 얼굴을 마주하 고 벽에 기대서 꼼짝을 못 했다 가만히 가만히 서 있어야 했 다 달짝지근한 혀가 관통하자 몸의 그림자도 투명해졌다 백 일홍 씨앗 갈라지는 소리, 입술 갈라지는 밤이 깊어 가고 있 었다 벽이 멀리서부터 허물어지고 있었다 모든 기도는 허물 을 벗어 옆에 가지런히 두었다 사이로 저승이 간간이 불어 왔다 핏기도 없는 불이 켜졌다 조용한 그곳에 달과 나만 있 었다

양이 있는 곳

풀이 많은 곳, 창원에 사는 시인이 출판기념회를 했던 곳,
양을 닮은 주인이 털실로 뜨개질을 하는 곳, 화분의 꽃들이
손님들을 구경하는 곳, 음악이 커피 향에 물들어 있는 곳,
먼지도 가만가만 제자리를 찾는 곳, 양이 많은 곳, 가끔 냥
이도 섞여 있는 곳, 주인의 핸드폰에서 고양이 강아지 울음
이 들리는 곳, 창밖 의자에 앉아 추운 그림자들 졸고 있는
곳, 이사 와서 비틀비틀 계단을 따라 내려가 본 곳, 메뉴고
뭐고 처음엔 아무것도 보이지 않던 곳, 말이 어눌해 한참을
더듬었던 곳, 순하지만 뿔이 있는 곳, 햇빛이 뿔을 달고 돌
진해 오면 앉아 안아야 하는 곳, 발바닥에 굽이 생기는 곳,
뜯어 먹으면 종이에 글씨가 한가득한 곳, 그곳에 가려면 양
처럼 순해져야 한다, 나는 그곳에 들 수가 없다

문체

땅거미가 우편함을 뒤적이고 있었다, 문체 때문에 당신의 소식인 줄 알았다, 춤은 낮과 함께 끝났다, 봉투를 열고 털어도 당신의 기척은 떨어지지 않았다, 그림자들 모두 일어나 팔을 벌리면 시간이 간신히 저녁을 통과했다, 걸레는 혼자 빨랫줄에 펄럭이고 어둠에 달라붙은 별은 뗄 수 없었다, 글씨를 한 줌 땅에 묻어 두었다, 다 무슨 짓인가 싶어 도로 땅을 파헤치기도 했다, 좋아하는 부분에서 끝이 나는 건 좋아하지 않아야 했다, 편지는 펄럭이고 별은 멍하니 반짝이고, 덜 마른 그날을 걷을 수 없었다

추자

노래가 그리
단단한 줄 몰랐어

혀 속에 종일 굴려도
녹지를 않아

김추자가 그렇게
대단한 줄 몰랐어

님은 먼 곳에*가
하루를 다 지배했어

굴리고 굴리고
유격훈련도 이러지는 않았어

지구도 달과 함께
한 쌍의
추자가 되어

부처님 손바닥을 굴렸지

집에 와서도
유튜브를 돌려

마우스
돌림 버튼이 고장 났어

나는 오늘을
잊지 못할 거야**

* 김추자의 노래 제목

** 김추자 노래 〈빗속의 여인〉 변형

어디서 봤더라

시집인지 소설인지 인문인지

아! 인터넷인가?

둘 다 통화식물목에 들어가던데

나팔꽃과 메꽃이
통화하면 웃길 것 같아

전화선만 늘리고 있는
그녀가 생각나잖아

어디서 보긴 했는데
보다가 피식, 웃기도 했는데

어디였는지 기억이 안 나

건망증이 또 늘었나

거긴 지낼 만한가요?
왜, 한번도 찾아오지 않으세요?

없는 사람에게
전화를 한다

두루마리, 두루치기

휴지는 벽에 걸려 있었네
두부두루치기 유명한 그 집
빨간 국물이 옷에 튀면
빨리 닦으라고 벽에 걸어 놓았네
여기 앞치마 좀 주세요,
다들 휴지엔 눈길을 주지 않네
멍하니 벽에 걸려서
찌그러지고 짜부라 들고
개중엔 빨간 국물로 혼자 코를 푸는데
서빙하는 사람도 기우뚱 넘칠까
쟁반에만 신경 쓰는데
취한 한 사람이
몰래 벽의 꽃과 대화를 하네
병든 꽃과 콜록거리며 이야기를 나누네
침이 흐르면
재빨리 닦아 주면서
사람들 모르게 정담을 나누네
두루치기, 두루마리

머리로 벽을 쾅쾅 쳐 대도
아무도 눈길을 안 주네
그저 자기 차례를 놓칠까
맞은편 입술에만 빠져 있네
두리번두리번 흐린 눈을 굴리네

독서는 금지

『고통』을 읽고 있어요, 눈을 혹사시키지 말라 했는데 글
자들 말을 거는데 대답도 없이 참기가 너무 힘들었어요, 참
회는 밤에 하면 되는 거고 낮에는 즐길래요, 당신은 상관 말
아요, 자꾸 끼어들지 마세요, 날씨가 추워지면 겨울이란 거
그쯤은 나도 알아요, 여자가 왜 고통스러운지 알 것 같아요,
빗은 왜 사이사이 때가 끼는지 당신을 버리겠어요, 저 수심
깊은 대야에 던져 버리겠어요, 페이지가 차르륵 젖어 더는
읽을 수 없더라도, 포스트잇으로 표시를 해 두었으니 다음
에 이어 가면 돼요, 당신의 고통을 읽고 있어요, 즐겁게 읽
고 있어요

우정의 한 기록 2—K에게

이정현(문학기고가)

우정의 한 기록 2
―K에게

읽기에 앞서, 증언

이하 모든 글은 길상호 시인(이하 K 표기)이 쓴 시에 기댄 필자의 상상이다. 그러나, 동시에, 상상이 아닌 게 지난 1년 동안 그에게 벌어진 일들을 나는 직간접적으로 지켜봤다. 이를테면 이 글은 해설을 빗댄 어느 목격자의 증언과도 같다. K에 대해 읽은 것들, 들은 것들이 책상 위에 놓여 있다. 증언자의 책상은 단출할수록 좋다. 『시작』이 보인다. 그는 자신의 몸을 둘러싼 변화들과 바뀐 환경에 대해 계간지 『시작』에 소상히 밝혔다. 예를 들자면 이런 식이다.

누나의 호스피스 병동에 다녀왔다. 햇볕이 따스한 날이었다. 아직 봄은 올라오지 않았는지 산수유만 뜰에 하나 노래진 얼굴을 내밀 뿐이었다. (……) 두 달을 생각한다. 병원에 입원해서 검사를 받고, 더워 샤워를 여러 번 했고, 추워 고양이들이 이불에 들어오는 게 좋았던 것 같기도 하다. 아직 버스를 탈 줄 몰라 어디를 갈 때마다 택시를 탔다. 사람들은 자신의 경험으로 여러 가지 처방을 들려주고, 짜증이 많이 났다. 누나의 차에서 내릴 때 갑자기 바람이 불어 날아가는 느낌이 들고, 어렸을 때 태풍에 언덕을 뛰다 두 팔을 벌려 새처럼 날고 싶기도 했다는 생각이 들었다. (……) 아직 뭔가를 떠올리기에는 이른 감이 든다. 생각이 다 꼬여 있는 것 같다. **봄이었던 것 같기도 하고 여름이었던 것 같기도 하다.** (……)

고양이들 때문에 많은 삶들이 이어졌다. 자신의 목숨을 하나씩 건넬 때, 나는 그걸 좋다고 받아 챙겼다. 이제 철이 좀 들어 후회를 한다. 비가 오면 물어가 생각나고 벚꽃이 피면 산문이가 떠오른다. 분명 저승사자들이 와서 다음은 너니까 준비하라고 비웃었는데, 아직은 더 참아야 하나 보다. (……)

그림을 그리는 일은 생각보다 많은 시간을 건너뛰게 했다. 어떤 날은 약 먹는 걸, 혈당검사하는 일을 잊기도 했다. 그래도 오랜만에 물감 냄새가 좋았다. 서툴지만 붓을 들었을 때의 느낌이 좋았다. 하나둘 돌아온 날이 있었다. 목소리가 안정되게 흐르고, 자신감이 생기고, 술을 마셔도 될 것 같았다. 어떤 날에는 하얀 연필을 다시 들고 세밀화를 다시 시작할 수도 있을 것 같았다. 모두가 헛꿈이었지만 그 순간이 행복했다.

많은 변화가 순식간에 생겼다. 대전에 이사를 오고, 병원에 입원을 하고, 물어가 세상을 떠나고, 지금까지 간신히 유지해 왔던 관계에 금이 가고, 이렇게 살아도 괜찮을지 의문이 들었다. 내가 정체되어 있는 시간에도 봄 여름 가을 겨울은 끊임없이 흐르고 있었다. 집 뒤에 있는 숲길을 찾아 걷는다. 바스락대는 낙엽이 있고, 그 사이에서 파랗게 새싹이 돋아난다.

— 길상호 「오가는 것들」(『시작』 2024년 여름 통권 88호, 강조: 인용자)

첫째 날 읽기: 행복, 어둠, 돌 그리고 다시 돌

알 수 없는 새로운 어떤 것이 내 속에서 일어선다. 나는 한 작품으로 들어간다. 그리고 그 삶으로 들어갔다. 시작을 알리는 첫날부터 나는 모든 것을 알아차렸다. 그것은 글쓰기의 비밀과 세계를 읽는 방법이었다.

— 알랭 비르콩들레, 『뒤라스의 글쓰기』, 글항아리, 2024, p.8

"새해에는 더 건강하고 행복하세요. **어둡게 시작해서 좋아요**". "2024년 1월 1일", 첫날 첫 아침에 K가 익명의 독자들을 향해 건

넨 인사는 징후적이다. 그는 새해를 어둡게 시작한다. 이것은 선언인가? 그렇다. '어둠'[1]을 출사표 삼아 새벽강에 나간 그가 돌을 고른다. 왠지 몸이 날아갈 것만 같다. "자꾸 몸을 일으키는 페이지를 눌러두려고"(「2024년 1월 1일」, 강조: 인용자) 어둠 속 돌[2]을 고른다. 물론 '페이지'는 메타포다. 그것은 그의 몸이면서 그가 쓴 시다. 아직은 어둠 속이 좋다. 어둠을 비집고 "카이츠"[3] (「노래는 흐르고」)가 흘러나온다. '카이츠'는 왜 그토록 "쓸쓸하고 씁쓸한"(「새똥」)가. ("볼륨을 줄여 밤새/ 쓸쓸한 음악을 틀어 놓았습니다", 「냉담」) 안개 자욱한 새벽강을 서성이는 K. 그리고 그를 바라

---

1) K의 어둠은 '부정'이 아니다. 차라리 그것은 '결여'다. "검은색은 빛이나 색상을 부정하지 않는다. 그것은 순수한 결여다. 검은색은 수동적인 부정이며, 오로지 그 대척점인 빛의 부재를 나타낼 뿐이다." (알랭 바디우, 『검은색-무색의 섬광들』, 민음사, 2020, p.75, 강조: 인용자). "검은색은 모든 색채의 결여인데 반해, 하얀색은 모든 색채의 불순한 혼합이다. (……) 오로지 하얀색만을, 다시 말해 전체 속으로 흩어져 버린 색채의 총합의 유령만을 보는 것은 좋지 않다. 검은색은 색채의 무이며, 하얀색은 색채의 전체다."(바디우, 앞의 책, p.45). 1년 동안 앓았던 그가 다시 시작하기에 '어둠'만큼 좋은 것이 또 있을까. 결락(缺落). 무(無)에서 시작하기. 그가 어둠 속에서 '행복'을 수줍게 외칠 때 나는 오해할 뻔했다. 이제는 알 것 같다.

2) 신체를 구속하고 시를 억제하던 '돌'(「2024년 1월 1일」)이 이전 시집(『오늘의 이야기는 끝이 났어요 내일 이야기는 내일 하기로 해요』, 걷는사람, 2019, 이하 『이야기』)에서는 전혀 다른 용례를 보이는데 "못 바닥에 가라앉는 돌멩이들"이 "자유롭게 헤엄칠 수 있었"던 건 시인이 "건네준 부레" 덕분이었다(「마른 눈」, 『이야기』). '부레' 덕분이긴 하지만 물속을 자유롭게 헤엄치도록 '돌'에게마저 생명을 부여했던 그가 그 돌로 자신의 몸을 누르기까지 지난 1년 동안 무슨 일이 일어났던 걸까. 내 '증언'의 시작점이 바로 이곳이다.

3) 시어(詩語)로 쓰인 '카이츠'는 그와 나만 아는 기호다. 내 요청을 받아들여 「노래는 흐르고」에 각주를 붙였는데 '카이츠'는 밴드 이름(The Paper Kites)이다. 2018년 한 해 동안 그와 더불어 전국을 유랑했다. 용인시 백암면에 있는 천일장여관에서도 함께 들었고 증평 수정여관에서도, 모슬포항 인근 남강여관 2층 방에서도 함께 들었다.

보는 내가 보인다. 부기해 둔다. 그를 누른 돌은 어둠 속 돌이고, 어찌 된 영문인지, 그는 어둠 속에서 평안하다.

K의 여섯 번째 시집 『왔다갔다 두 개의』의 시작이 그렇다. 그는 '어둠'으로 시의 문을 연다. **"어둡게 시작해서 좋아요".** "안개를 뒤"(「2024년 1월 1일」)져 찾아낸 부레조차 없는 돌이 자신의 몸을 누를 때, 돌이 뭐길래, 그의 행복은 능히 세상을 초과한다. 부레 없이 다다를 수 없었던 심해는 어떤가("심해로 들어간 물고기는 가혹한 수압을 견디기 위해 부레 속에 기름을 채운다", '시인의 말', 『모르는 척』, 천년의시작, 2007). 그는 이제 그곳을, 부레 없이, 가뿐히 "왔다 갔다"(『왔다갔다 두 개의』) 한다. *"똑똑똑 또독, 끝도 없이 이어지는 노크"*(「냉담」) *소리가 들린다. 오늘은 여기까지! 첫째 날 읽기 끝.*

둘째 날 읽기: 환상, 환몽, 환청, 환영

"눈물겹도록 아름다운 것, 광기가 바로 그것이죠. 그것이 거짓과 진실을 유일하게 지켜 주는 것이죠. 거짓과 진실, 어리석음과 지성을 판단하는 것이 광기입니다." (……) **그녀 그리고 그녀의 광기는 오히려 다른 세계를 듣는 것이다.**

— 알랭 비르콩들레, 앞의 책, p.36(괄호 및 강조: 인용자)

K의 몸에 이상신호가 잡힌 건 작년 초순의 일이다. "중심이 맞지 않"아 "바로 세우려 하면 할수록" 그의 몸은 "더 옆으로 누웠다". "공기 방울이 찬 건 아닌지" "자주 머리가 아팠"고 "골똘히 강구책을 생각했지만" "아무 생각도 나지 않았다". 몸과 마음의 "수평선이 기울어졌다", 고 느낀 건 그로부터 1년이 지난 후였다. 겨우내 "한파에 몰린 아침이" 그가 살던 흑석동 집을 가득 메웠고 누우면 "무거운 노래만이 그 방에 가득 찼다"(「수평기」). 몸이 내 몸 같지 않았다. 손님처럼 느껴졌다. "아픈 육체"(「진흙이 입을 벌릴 때」)가 주인 노릇을 하는 것조차 느낄 수 없었다. 스스로를 방치했고 열악한 환경은 기본값이 되었다. "불면증이 깊어"(「박하사탕」)지는 건 수순이었다. "건망증"(「어디서 봤더라」)은 말해 뭐할까.

> i) 누군가 놓고 간 양초만 까만 입술을 다시고 있네, 투명 물고기가 다가와 발가락에 입을 맞추네, 슬퍼서 조금 울었던 것 같은데, 울음이 날갯짓을 하다 이 벽 저 벽 부딪쳐 떨어진 것 같은데, 소리가 없네, 투명한 물고기는 사라지고 양초 앞에서 누가 중얼거리네, 중얼만 남아 동굴에 사네
>
> — 「투명 물고기와 양초」 부분

> ii) 날씨가 좋아 기도가 다 이뤄지는 환상을 품었다, 눈이 녹기에

내 갈비뼈 사이 당신도 녹을 줄 알았다, 다독이던 눈사람이
다하면 장갑과 목도리 숯을 주워 당신을 화장하고 싶었다, 따
뜻한 고양이를 데려다 당신께 소개하고 싶었다, 먼저 간 산문
이는 당신 어깨에서 뛰어놀 줄 알았다, 하얀 게 날리기에 어
디서 꽃 한 무더기 떨어지는 줄 알았다, 당신은 바빠 봄에 참
석할 수 없다고 꿈을 꾸었다

―「꽃샘이 심하다」 전문

iii) 전화를 했는데 너의 목소리가 아니다

너를 봐야 하는데 보이지 않는다

멀리 한 사람이 다른 나라의 말을 한다

고양이어인가 들어 봐도
정체를 알 수 없다

추우면 어눌해지는 목소리
너는 어느 나라에서 왔을까

―「너의 어눌」 부분

iv) 거 누구셔?

　　귀신이 대답을 한다

―「그 집 지하에는」 부분

　어디 그뿐일까. '환상'(i)과 '환몽'(ii)과 '환청'(iii)과 '환영'(iv)
이 그를 넘나들었다. "하얀 가운을 입은"(「투명 물고기와 양초」)
의사의 전언은 아직 미래의 일이다("이제 거기서 나오셔야 합니
다", 앞의 시). 여러 종류의 '환(幻)'이 넘나들이하며 겹치면 감각
은 사라진다. "무표정"(「무표정」)과 "무감정"(「꽃도둑」)은 덤이었
다. "고여 있던 시간이 조금씩 증발하고" "시간이 고여 흐르지 않
는 오후"(「새똥」) 무렵이면 자신이 감각하는 현생이 "과거인지 미
래인지 현재인지" 판단 불가 상태가 되었다. 스스로를 "타인" 취
급하기 시작한 것도 그 즈음이다. "문을 열고 나오면"(「천 일 뒤에
다시 올게요」) 그곳에 내가 아닌 내가 서 있었다.

아픈 몸을 가지고 내가 씁니다

　"말이 어눌해"(「양이 있는 곳」)졌고 어눌해진 만큼 정반대로
머릿속은 부글거렸다. "생각하지 말아야 하는데"(「양말」) 온갖
의문들이 꼬리에 꼬리를 물고 이어졌다. "일상은 이것으로 시작

했다가 완전히 다른 저것으로 홱 바뀔 수 있다. 하나가 다른 하나로 이어진다."(캐슬린 스튜어트, 『투명한 힘-꿈, 유령 혹은 우리가 일상이라고 부르는 것』, 밤의책, 2022, p.235). "한쪽은 따뜻하고 또 한쪽은 차가운"데 "둘의 차이를 모르겠다"(「저 집은 불을 켜고 저 집은 불을 껐다」, 이하 「저 집은」)라거나, 계절 감각마저 헝클어져 "여름과 겨울이 섞여 장마 눈이 내리면 좋겠"다, 고 생각하는가 하면, 뒤죽박죽된 생몰(生沒)은 차라리 자연스럽게 느껴졌다. ("한쪽에선 싹이 돋는데 또 한쪽에선 낙엽이 지고", 「로션과 스킨」) 오락가락거리는 그의 머릿속 기상예보를 조금 더 따라가 보자. "눈도 아니고 비도 아닌"(「이도 저도 아닌 것들」) 게 내리고 "눈이 온다 했는데/ 비가 내렸다"(「흔한 일」). 이것들은 체념(아무래도 좋아요)인가, 아니면 판단 불가(알 수 없어요)인가. 몸의 안팎이 하나인 게 '기후'가 몸 안으로 향하면 '감정'도 그에 맞반응을 일으킨다. 이런 식이다. "아픔과 슬픔"이 "닮아" 보여 그 둘을 "구별하지 못하는"(「쌍둥이」) 날들이 연일 이어졌다. 그런가 하면 "이쪽은 웃고 저쪽은 운다". 그는 말한다. "둘의 차이를 모르겠다"(「저 집은」). 모르겠어서 "중력을 잃고 흘러내"린 "비극들"(「수증기 극장에 앉아」)에 대해 K는 이렇게 쓴다. "여러 감정이 몰려왔다/ 비구름을 바닥에 엎지르고 말았다", "당신의 발자국은 어쩔 수 없었다/ 오고 또 오는 파도는/ 어쩔 도리가 없었다"(「방파제」).

'기후'와 '기분'을 오가며 몸 안팎 이격의 롤러코스터를 타던 그가 던진 말은 다소 생뚱맞다. "무조건 함께 있는 걸로 주세요"(「로션과 스킨」). '무조건'이 가리키는 건 "로션과 스킨"이지만 그 자리에 "상현달과 하현달"(「쌍둥이」), 혹은 "죽은 사람과 산 사람"(「로션과 스킨」)을 기입해도 무방할 것이다. "어둠의 방향이 다른데도"(「쌍둥이」) 그의 사고체계 안에서 그 둘('상현달과 하현달')은 하나다. 또는 "그런 날은 좀체 없다"고 아무리 항변해도, 그것은 일상과도 같아, 기어이 "죽은 사람과 산 사람이 함께 행진"(「로션과 스킨」)하고야 만다.

　나는 지금 이 사태가 어리둥절하다. 이 지점에서 나는 정리할 필요를 느낀다. 예고했듯 앞서 K가 쓴 시에 기대, 그의 아픈 몸을 낱낱이 '해석'하고 '분석'했다. 쓰면서 나는 깨달은 듯하다. 임상보고서인 줄 알았는데 그가 앓고 난 뒤 쓴, 저 일련의 시에 빨려 들어가 전혀 예상치 않게 그의 새로운 시적 경향을 엿본 것 같다. 그가 '기후'와 '기분'의 양극을 오간 끝에 그 연장선상에서 약간은 뜬금없게, 나는 처음에 그것이 억지스럽다고 생각했다. '로션과 스킨'을 호출한다. 반복해 보겠다. "무조건 함께 있는 걸로 주세요". 나는 이 말을 오독했던 것 같다. 앓고 난 후 무너져 내린 자신의 사고체계에 대한 시적 표현이라 생각했다. 무/조/건/ 함/께/ 있/는 걸/로 주/세/요. 그의 요구에 내 대답은 이랬다. "그러지 말고 이거 쓰세요, 로션과 스킨이 따로 있어서 그날 상태에 따라 골라 쓸 수 있어요, 결혼식에 갈 땐 로션을 장례식엔 스킨을 조금 발라 주세요"(「로션과 스킨」). 이치와 사리를 가리는 내 주문에 당신이 내린 최종 답변이다. "사실 장례와 결혼은 한 몸이에요"(「화환」, 『이야기』). 그가 쓴 시에 기대, 병적 징후에만 골몰했던 내게, 급습하듯 던진 그의 말을 나는 어떻게 받아들여야 하는가. 에둘렀지만 그는 자신의 아픈 몸을 재료 삼아 새로 장착한 시론을 개진한 것이다. 어떤 시론들은 이렇게 불현듯 찾아온다. *"똑똑똑 또독, 끝도 없이 이어지는 노크"(「냉담」) 소리가 들린다. 오늘은 여기까지! 둘째 날 읽기 끝.*

셋째 날 읽기: 결여, 흑석동 집 2층 빌라, 없는 사람, 혈당검사수첩

> 잘못 적어 놓은 주소가
> 수취인도 없는 이곳에 나를 데려다 놓았다
> — 「풀칠을 한 종이봉투처럼」 부분(『우리의 죄는 야옹』)

(각주 처리한 바디우의 말을 기억할 것) 처한 '어둠'이 부정이 아닌 결여임을 증명하듯 반복적으로 그는 자신의 '부재'를 알린다. 부재는 어딘가로의 떠나 있음이다. 이를테면 유폐의 한 방식.

다시 말하건대, 부재는 부정이 아니다. 그것은 사라짐도 아닌, 차라리 감춤에 가까운 무엇이다. 실제로 그는 지난 1년 동안 모든 활동을 멈췄다. 청탁과 강의와 읽기로부터 자신을 차단했다. 물론 그가 원한 방식은 아니었다. 실제로 아팠고, 심한 병증 가운데 있었으며, '병들'은 그를 세상에 더 이상 머물지 못하도록 어딘가로 그를 내몰았다. 나는 지금 그가 대전으로 떠나기 전 머물렀던 흑석동 집을 떠올리는 중이다. 재개발로 묶인 낡고 허름한 빌라 2층 집을 내가 어찌 잊을 수 있겠나.

나는 없는 사람입니다

다시, 텍스트로 돌아가자. 그는 '이곳'에 없다. 3인칭 처리된 "그 사람은 늘 부재중"(「호수에 앉아」)이고 "전화를 받지 않는다"(「너의 어눌」). 겨우 전화를 받아도 "바람이 전화선을 끊어 놓"(「바람이 많이 불어요」)는가 하면 달마저 교란을 돕는다("달이 얼어 붙어 금이 간 뒤로/ 어떤 연락도 닿지 않았습니다", 「냉담」). 혹시나 하는 마음에 "옛날 번호로 다시" 걸어 보지만 "착신이 정지되어 있"(「너의 어눌」)다. 이처럼 "당신은 없는 사람"(「모처럼의 통화는」)임이 판명났다. 이토록 "사람은 많은데 그 사람은 없다"(「터미널에서의 낚시질」, 『오동나무 안에 잠들다』, 문학세계

사, 2004). 흑석동에서 머물렀던 마지막 몇 달을 기억해야 한다. 자신을 유폐시킨 채 그곳에서 그는 '없는 사람'처럼 지냈다.

일터에서 그가 사는 흑석동 집까지 한달음인데 겨울 지나고 봄이 다 가도록 나는 그를 찾지 않았다. 간혹 걸려 오는 전화기 너머 그는 불안해 보였다. 그의 몸에 드러난 이상 징후가 신호음 너머 손에 잡힐 듯했다. 전화를 받지 않았던 그날 오후가 생각난다. 정갈했던 K의 섭생을 떠올리면 햇반과 삼립빵을 상상조차 할 수 없다. 나는 고양이들의 안부를 물을 수 없었다. 막내 꽁트는 자주 아팠고 늙은 고양이 물어[4]는 위태위태했다. 2년 전 죽은 산문이가 떠오른다. 그토록 바랐건만 "겨울 가고 나면 따뜻한 고양이"(김상호, 『겨울 가고 나면 따뜻한 고양이』, 걷는사람, 2021)는 헛된 구호가 되고 말았다. K가 쓴다. "좋아하는 부분에서 끝이 나는 건 좋아하지 않아야 했다"(「문체」). 오죽했으면 그리 말할까. 산문이를 지키지 못한 죄책감이 그를 깊은 수렁에 빠트린 듯싶었다. 면역체계가 흐트러진 탓인지 작년 여름까지 반년 가까이 앓았고 원인 모를 바이러스에 시달렸다. 이것은 동시다발적인데 그의 둘째 형[5]을

---

4) K의 첫 고양이 물어는 지난 2월 4일 숨을 거뒀다.
5) 두 형과 아버지의 죽음이 담긴 두 편의 시(「봄비를 데리고 잠을 잤는데」, 「가족 모임」)는 그의 소망처럼 읽힌다. 봄비에 형들이 담긴 유골단지를 건지지 못한 금낭화가 낭창낭창 흔다. 유골단지가 떨어지기 전 형들을 깨워야 하는데 봄비는 하염없고 금낭화 꽃잎은 자꾸 흩날리고…… "베어 묶어둔 빗줄기가/ 뒷마당에 다발로 쌓여 있었다// 금낭화는/ 네 개의 유골단지를 쪼르르 들고/ 꽃가지가 휘었

죽음에 이르게 한 당뇨가 그를 찾은 것을 어떻게 설명해야 할지 모르겠다.

"피 한 방울로 다 알 수 있어요"(「혈당검사수첩」). 시에 언급된 "아침 먹고 피 점심 먹고 피 저녁 먹고 피"는 수사가 아니다. 문("달력을 한 장 뜯으면 달라질까요?")과 답("일상은 바뀜이 없고요", 「바람이 많이 불어요」)이 한 차례 오가자 병은 그의 일상으로 틈입해 한 편의 시가 된다. 작년 가을 이후, 혈당 체크는 그의 일상이 되었다. 말 그대로 그는 "혈당을 조절"(「모처럼의 통화는」)하기 위해 매일매일 하루 세 차례, 식전 식후 혈당 수치를 자신의 "혈당검사수첩"(「혈당검사수첩」)에 기입 중이다. 지난 5월 초, 이근일 시인과 대전 자양동 K의 집을 찾았을 때 그가 보여 준, 내 눈에 암호문 같던, 혈당검사수첩을 나는 기억한다. 만약 혈당검사수첩이 한 권의 시집이라면 여덟 달 동안 그 안에 빼곡하게 적어 내려간 혈당 수치들은 편편(片片)의 시이리라. 나는 그렇게

다// 뒷산에서 잠시 내려온/ 아버지와 큰형과 둘째형과 똥개 메리는/ 대화를 나눌 입이 없고// (……)// 나는 먹구름과 함께 발뒤꿈치를 들고/ 그 집을 나왔다// 봄비를 데리고 잠을 잤는데/ 봄이 벌써 반 이상 떨어지고 없었다"(「봄비를 데리고 잠을 잤는데」). 「가족 모임」은 시인이 소망한 바, 내세와 현세의 조우록(遭遇錄)이다. 「2024년 1월 1일」("새해 첫날부터 안개를 뒤졌어요")처럼 시는 "새해 첫 안개"로 문을 연다("거기서 새해 첫 안개를 맞기로 해요"). "죽은 아버지와 형들"을 그는 어떻게 시 안으로 초대한 걸까. 얼굴 가득 빨간 꽃을 피우고 하늘로 날아간 형을 그는 왜 부른 걸까("형도 죽기 전 며칠/ 얼굴 가득 그 꽃을 피웠지요/ 빨갛게 피워놓고 하늘로 날아갔지요", 「小春」, 『눈의 심장을 받았네』, 실천문학사, 2010).

보았다. "혈당을 조절해야 한다는"(「모처럼의 통화는」) 언질 외에 "눈을 혹사시키지 말라"(「독서는 금지」)는 처방을 받았고, 그에게 술 금지령이 내려졌다("병원에서 술은 금지했어요", 「노래는 흐르고」). 그가 "술은 아직 마시고 있지 않아요"(「모처럼의 통화는」)라고 쓸 때 그 말은 시 안과 밖이 동일하다. *"똑똑똑 또독, 끝도 없이 이어지는 노크"(「냉담」) 소리가 들린다. 오늘은 여기까지! 셋째 날 읽기 끝.*

넷째 날 읽기: 당신의 얼굴, 나의 응원

새해에는 부디 행복하세요
— 「2024년 1월 1일」 부분

자신마저 알지 못하는 여러 이유가 있겠지만 여기까지 오게 된 건, 누구의 탓도 아니다. 그가 "감염된 심장으로 통화를 해요, 당신은 없는 사람이래요, 식은 밥처럼 조용히 살고 있어요"(「모처럼의 통화는」), 라고 쓸 때 나는 저 문장을 마음으로 읽는다. 그가 내게 한 말들이 시가 된 것이다. "아침부터" "진찰실에 앉아" 의사의 "긴 설명을 들어야 하는 일"(「아침부터」)은 얼마나 난감한가.

거울을 보면 그 얼굴이 그대로 있어요, 할 수 없이 먹어 치워요, 혈당을 조절해야 한다는데, 과식하면 안 되는데, 감염된 심장으로 통화를 해요, 당신은 없는 사람이래요, 식은 밥처럼 조용히 살고 있어요, 입에서 김이 날 일도 없고 발버둥도 사그라졌죠, 구름이 천장을 뛰어가네요, 까만 눈을 갖고 있겠죠? 달이 헉헉 숨차고, 마우스는 바퀴를 굴리고, 컴퓨터가 한 장 한 장 백지를 넘기는 밤이에요, 당신 이름과 전화번호를 적어 뒀어요, 삭은 밤이 고무줄처럼 끊어지기도 해요, 술은 아직 마시고 있지 않아요, 미안해요, 어두운 이야기만 해서

― 「모처럼의 통화는」 전문

그가 "먹어 치"운 자신의 "얼굴"을 향해 말한다. "대야에 비친 자신을 사랑하세요, 다른 얼굴이 보여도 그냥 주워 사용하세요"(「이거 좋은 거예요」). 이어 그가 쓴다. "그러니 우리는 그만제 얼굴을 찾는 게 좋겠어"(「그만해도 돼」). 이것은 자문자답인가. 여기까지 쓰고 "질문이 많아 미안해요, 그냥 헛소리라고 생각하세요"(「반쯤 있는 그」, 미발표 시), 라고 그가 혼잣말을 할 때 나 또한 그를 따라 속삭이듯 외친다. 제발 '헛소리'여도 좋으니 K, 당신이 당신의 얼굴을 먹지 말고 되찾았으면 좋겠어요.

당신을 응원해요

K가 본 것들을 나는 말할 수 없다. 가령 그가

> 둘의 차이를 모르겠다, 한쪽은 따뜻하고 또 한쪽은 차가운 거,
> 한쪽엔 사람이 또 한쪽엔 귀신이 기거하는 거, 어이가 없다, 사람
> 이 죽으면 귀신이 되는데, 신자와 하나님의 차이를 모르겠다, 하
> 나는 땅에 있고 또 하나는 하늘에 있는 거, 기도가 이 둘을 이어
> 준다고 하는데 솔직히 모르겠다, 한번도 이루어진 적 없는 소망,
> 기도는 차 안에서 흔들흔들, 하나님과 신자는 흔들흔들, 모두가
> 눈치를 보고 있는데, 환하고 어두운 집이 있다, 환하고 어두운 사
> 람이 있다
>
> — 「저 집은 불을 켜고 저 집은 불을 껐다」 부분

라고 쓸 때 나는 그가 실제로 "어두운 사람"(「양말」)이 될까
봐 무섭다. ('어둠'은 앞서 언급한 시론으로도 충분하다.) 이럴 때
면 나는 그보다도 더 나약한 사람 같다. "나를 버려도 될 것 같
다"(「서울이여 안녕」, 『모르는 척』, 천년의시작, 2007), 라거나 "날
개를 갖고 싶다는/ 위험한 생각이 잠시 떠돌다 갔다"(「새똥」), 라
고 쓸 때 그에게 펜을 놓고 텍스트 밖으로 나오라고 나는 나도 모
르게 소리 지른다. "이제 거기서 나오셔야 합니다"(「투명 물고기

와 양초」). "똑똑똑 또독, 끝도 없이 이어지는 노크"(「냉담」) 소리
가 들린다. 오늘은 여기까지! 넷째 날 읽기 끝.

빠져나가며

언젠가 시집 제목(『왔다갔다 두 개의』)에 대해 물은 적이 있다.
그의 대답은 간명했다. "나는 이쪽도 아니고 저쪽도 아닌 곳에 있
는 것 같아요. 중간은 아닌데 이곳인가 싶으면 저곳이고 저곳에
있는가 싶으면 어느덧 이곳이에요"(2024. 5. 2).

약간은 우화적으로 이런 가정을 해 볼 수 있겠다. 오늘 그에게
'이곳'이 '진로집'[6]이라면 '저곳'은 '심천'[7]이다. 내일은 어떨까. 그가
시 안으로 불러들일 내일의 '이곳'과 '저곳'을 나는 모른다.

---

6) '진로집'은 시집 4부에 수록된 「두루마리, 두루치기」에서 '그 집'으로 소개된다("두부두루치기 유
명한 그 집"). '진로집'은 대전 대흥동에 소재한다.
7) 그가 가장 최근에 쓴 시는 「심천」(24. 6. 5)이다. '심천'은 충북 영동군에 있는 면이다.